也斯作品

启真馆 出品

普罗旺斯的汉诗

梁秉钧

浙江大学出版社
ZHEJIANG UNIVERSITY PRESS

目 录

一　沙可慈诗钞

村 子 3

做 饼 5

围 坐 8

随玛莉到花园去 11

梅子的歌唱 14

年娜的茄子 17

山 雨 20

二　重访普罗旺斯

石上隐秘的符号 25

萤火虫的情人 29

雅芝竹 31

安文在山上看书 34

马赛的鱼汤 37

山谷里的房子 40

马蒂斯旺斯教堂 43

三　东西面谱

芭蕉来到马赛 49

毫毛来到尼斯 53

柯布西耶东行寄简 56

韩熙载夜宴图 59

罗聘鬼趣图 65

潘天寿六六年画《梅月图》 69

罗兰·巴特七四年参观京城印刷厂 74

四　新游诗

罗马机场的诗人 79

威尼斯 83

孔子在杜塞尔多夫 87

清理厨房 91

——给下一位房客 Mr. Jan Sonergaard

一顿饭里总有那么多人情 94

横滨的老玉楠树 99

樱桃萝卜 103

北京栗子在达达咖啡馆 109

罗马尼亚的早晨 113

座头鲸来到香港 116

卧底枪手逃离旺角 119

五　新游诗（二）

在光州吃荣光黄鱼 125

庆州包饭 127

光阳烤肉 130

砌石塔 133

鸟居之道 139

那边、这边 143

——核灾后致日本友人

山东：百脉泉 146

风筝与年画 149

出 关 153

在莫高窟再闻汶川地震 157

六　诗经练习

隰 桑 163

东方之日 165

汉 广 167

卷 耳 170

七 月 172

鸡 鸣 177

关 雎 182

硕 鼠 185

采 绿 188

后 记 191

一 沙可慈诗钞

普罗旺斯的汉诗

村　子

修道院，为什么有九个日晷仪？

为什么村里的教堂供奉贞德？

原谅初访者愚笨的问题，我们失去了方向

嗅着薰衣草的气味，尝着

不同花草酿成的蜜糖，迷醉了

追寻的目光随着壁画里的手势向上

诱惑的胴体摆出不同姿势

参差的石阶在脚下令人绊倒

当嘈吵的声音没有了，你听到鸟儿的歌声

懂鸟语的人，你要给我们解释鸟儿的话吗

是天上的话语还是人间的聒噪？

沿每条小路弯弯曲曲的走，往下走到尽头

从阴暗的角落折回来，在没有路的

隙缝里，瞥见阳光照着一幅新地

是幻象吗？沿着卵石的新路摸索前行

结果又回到原来老屋的路口

寻得了又得放弃，放弃了又再开始

村子里这么多纵横交错的路

结果都是通往山上的修道院吗？

做　饼

今天是哪位圣人的节日？
整个村子的人来到修道院
大家一起做饼

她们从花园采摘成筐的叶子
倒出来，切成碎片
他开始搓一团面粉，加上盐

他在搓好的面粉上加上
乳酪、橄榄油和鸡蛋
她把青绿的叶子切成一丝一丝

普罗旺斯的汉诗

大家把切碎的叶子放到面粉上

搓面粉，折好，捏边，压扁

放到岩板上烘烧

大家一起做饼：来自村子里的

一家人：开店的、教书的

小孩子，还有老去的嬉皮士

岩板上的饼烧好了

大家分来吃——唔，真美味！

吃过了第一轮，再搓面粉

再从花园里采来新的叶子

这是谁的节日？

这是花园的节日

（记花园的节日 rendez-vous aux jardins）

围　坐

抬头看远处：高山上有鹰飞翔

飞过峡谷，越过人类的国界

廊下挂起飞鹰的模型

有人给孩子讲解山谷里的生态

总有不为什么枪杀鸟儿的人们呢！

修道院在这里多年了

见证了不同的人生

许多不同的路在这里相交

女子这几个月在研究盐路的历史

卷一根烟，吐出一个慧黠的笑

我们会在世界不同的路上再相逢吗？

流浪到印度的英俊少年

（是的，他曾在恒河洗澡）

欣赏不同省份的咖喱

我再有机会尝到你的厨艺吗？

物理治疗师与作家

同样忍受颈痛，因为长久埋首工作

翻译法国哲学家晚年艰深的著作

两位德国女士与一位中国诗人

同样经历过历史的伤痕

有共同认识的人

修道院有森严的大门

却可以拉动楔子打开

花园里有各种盛放的花朵

我们踏进角落一面镜子

发现一个新奇的空间

（以上为 2005 年初访沙可慈修道院作）

普罗旺斯的汉诗

随玛莉到花园去

随玛莉到花园去

摘薄荷叶子炒蛋

有各种不同的薄荷叶子

有些有更深的颜色更浓的味道

从这一株到那一株

挑大片的叶子来采摘

这是罗勒，这是

小小的洋葱

这是特别小的红萝卜

成长时都挤在一起

我们挑特别小的红萝卜

摘去一些

留一些空间让大家生长

把葱切成小小的环圈

让针叶保持它的尖刺

浓密的叶子展示它的肌理

萝卜有白色的脸庞

全拌进新鲜的鸡蛋里

身上穿着非洲的花布

是在罗马拍戏剩下的衣料

曾经在洛杉矶念电影

虚度的年月找不到要找的东西

在新德里的电影中旅行

能模仿歌舞片女角流转的眉眼

低头在长廊一角看书

你一心想要写个好故事

我看见你走进花园
不时弯下身去
跟不同的叶子打招呼

梅子的歌唱

一边唱歌

一边烧菜的女子

在平淡的萝卜旁边

加进了甜甜的梅子

准备写的小说

有十六个人物

一个大家庭的团聚

各人有自己的猜测

喜欢做饭

寻找内心平衡

煮菜没预先计划

一直任它自然变化

短促的句子

奔跑得喘不过气

独特的节奏

要你不得不追随

金钱和事业

女子的抉择

偶然怀念巴黎的男友

更要有自己写作的房间

实验各种叙事方法

反叛庸俗的情节安排

甜甜的梅子

在白饭旁边展露顽皮的笑

年娜的茄子

茄子在焗炉里爆开

是莫洛托夫鸡尾酒再回来了？

还是新时代拆建楼宇的打桩声？

恭维你买的茄子肥美

你摇头，说就是太庞大了

翻开来你让我看它臃肿的理想

本是虔信的党员

七四年全家抵达莫斯科工作两年

怀疑了红色布尔什维克大街的谎言

沙可慈诗钞

普罗旺斯的汉诗

八十年代瞥见改革的蓝图

九十年代回顾最后的公社农场

今天你说独自生活不惯煮什么大菜

就做一道最简单的沙律一样的

茄子鱼子酱！材料是平常，可不简单哪！

菜谱里有父母东欧的流离

亲人爱美尼亚的辛酸

能传给儿女一代细尝吗？

生活里的向往与爱恨都不会轻易消失

累积起来在油盐葱蒜里

九十九岁的母亲，眼睛看不见东西了

你最后一次去看她

摸索着为你做出这一道菜

山　雨

尚杰克的手左右挥动

模仿枝丫在风中摇摆的姿势

仿佛他在指挥一幕演奏

暴风雨终于上场

汽车在山谷间穿行

高耸群山暗暗藏起魔术

巨大的岩石瞄准我们

随着狂风暴雨给我们考验

我是触礁的旅客冲抵奇异岛上

沙可慈诗钞

目睹了精灵与大自然的神奇？

我是老去的普斯佩罗

放弃了权力，最后也放弃了魔术

接受众生的面貌且学习宽恕？

尚杰克把我送到修道院下面的斜坡

"赶快，趁暴雨降临之前！"

我喘着气跑上斜坡

跟我们发动的

蠢蠢欲降的雨水比赛

（以上写于 2006 年 7 月）

二 重访普罗旺斯

普罗旺斯的汉诗

石上隐秘的符号

仔细阅读石头

上面有许多故事

石头隐秘的符号

要告诉我们什么

铜器在石上刻凿

划出昨夜的线条

牵动前人的心意

把玄秘带给来者

牧羊人看见了惊奇

向上天举起双手

族里山沟的巫师

仰望朝见神圣的脸

是个腼腆的男子

凝望跳舞的姑娘

眼光追随轻巧脚步

纤腰摆荡无限甜蜜

在早晨伸一个懒腰

害羞的舌头说不出话

安静的手在石上琢磨

趔趄地探出一道弧线

二

民族有自己的发明

工匠骄傲于自己的手艺

普罗旺斯的汉诗

铁柱怎样敲打成铁锥

铁枝拗曲成为犁耙

心想的操作有了形状

双手创作了更多双手

在这以外总还有

令人难解的符号

那些并不简单的

一双一对的图形

莫名其妙的飞虫

散涣的蚂蚁

一个国家陷落了

文字被消灭无痕

山间的火车偷运

夹带出去的幽灵

书写遗忘的笔画

流亡匠人带着铁锥

重访普罗旺斯

白云上镂刻历史

生来就残缺的线索

蝴蝶的翅膀

还是花粉

散播在天空中

失去的村落的地图

（2008，记 Vallee des Merveilles

岩石上的神秘符号）

　　　　　　　　　　　　　普罗旺斯的汉诗

萤火虫的情人

高山的轮廓逐渐变得模糊
夜的深处打开闪亮的眼睛

凑近了我又忽然晃上高空
你自由的飞翔令我晕眩

我知道露水是多么繁重
月华灿亮不是我的追寻

以为你永远消失了在太空的光谱里
不想重又当前，彼此还可这么接近

沉重的负担令我学会更好地隐藏

你的光芒微小却不害怕闪现自己

忽然飞近唇边诱人的一点晶莹

星光下感到你的呼吸我的沉默

多谢你多情告诉我黑夜里深藏的秘密

可惜我只是电脑里一点微弱的绿光！

　　　　　　　　普罗旺斯的汉诗

雅芝竹

习惯了把感情收藏

他不像番茄那样

咬破了喷得一身都是

不像榴梿，宣扬强势的气味

雅芝竹是含蓄的

他带着自己的历史

考验你的耐性

雅芝竹，有点不合时宜

看来像盏莲花灯

守住私己的教义

放在眼前可没有什么神秘

他不会飞翔，也不像烟花

爆破一面天空，像火箭

改变一天的气候

他沉默坐在窗边

默默爱上灿烂的黄花

看见她早晨的泪珠、经历烈日

在薄暮里舒展亮丽的灵魂

明白她各种好处

但想她一定更喜欢向日葵

张牙舞爪的蟹爪菊

所以雅芝竹只是待在那里

他是有点慢，有点老派

沉重的装甲赶不上世界的舞步

他细味周围多姿的颜色

可也明白，需要特殊的口味

才会欣赏微带锈边的青绿

潮流和标准不断变化

雅芝竹经过那么多

知道人情曲折，势利或善美

他相信自己还有能力好好去爱

不过还是老把自己包裹得严严密密的

不容易看得见雅芝竹青嫩的心

只不过有时一不小心

头上一下子冒出缕缕鲜蓝的花

安文在山上看书

那头黑色的是什么东西？
好大的蜘蛛！还有甲虫
苍蝇又来骚扰我！

你快帮我把它赶走
蝴蝶以为我是花朵飞来采蜜
那边草丛里好似在动的
是什么东西？

换一块地方
这儿有更好的树荫

重访普罗旺斯

那边重重叠叠

有六个山头

低头看书

有时忍不住笑出声来

日影渐移

云块遮阴令我们有更凉快的时光

风吹来了

看书的年轻人附和了蝴蝶的飞舞

左右摇摆身体

轻快地挥动满头乱发

还模仿不知名的动物

发出呀呀的啸叫

（以上写于2008年夏天）

马赛的鱼汤

是什么巧手煮出了鱼的精华

从钢兜里仿佛神仙的琼浆

只分给我一点点

对了，五种不同的鱼细熬多时

不应该随便牛饮一下子喝个清光

我知道，是该慢慢细味的

煮成了汤，鱼肉还有余甘

浓汤里面有整个世界

一下子不容易说得清楚

重访普罗旺斯

父母带子女来认识成人的餐桌

老去的夫妇寻找闲怡的昔日

年轻情侣惊叹发现了美味的可能

我独自品尝，想起年轻时不怕挑战

寻来不同的鱼试煮一道难煮的菜式

日后陆续在不同地方遇见冒充的假味

平庸或浮夸，都见识过了

如今路上的塞趓令我滞留

无意尝到的鱼汤还有这样的甘美

暂时搁下人事的烦恼，喝一口：

满载的鱼群跳跃闪光，小舟摇晃不止

一个下午连绵的即兴音乐的节拍

（2006 Marseille）

　　　　　　　　　　　　普罗旺斯的汉诗

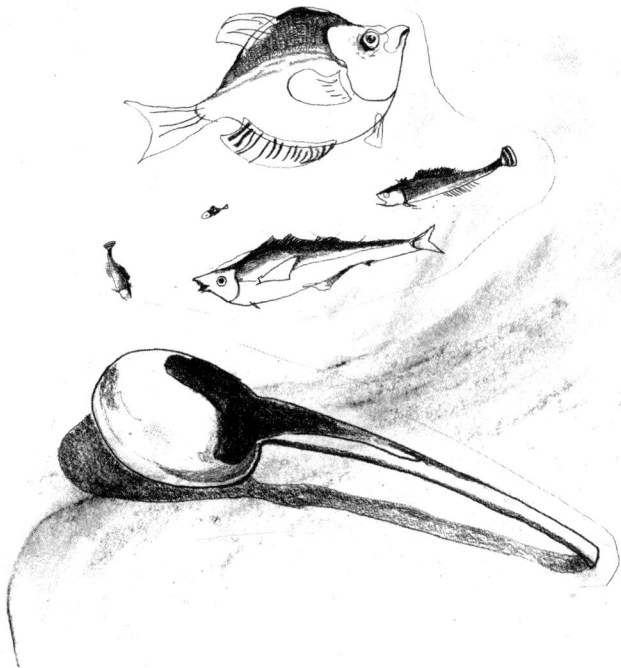

山谷里的房子

晨起信步走到屋后的空地
看林间挂的吊床、暖浴的木屋

绕屋而行看见了另一个小小露台
另一道门，楼梯通向另一个暗角
参差的菱角随建者的心思转形

三十年前一个年轻嬉皮想在世外牧羊
要把废弃的羊栏脱胎换骨
　　　　　　保留了不知通往哪儿的阶级
卵石砌出了龙骨
　　　　凭空添了阁楼

无穷的空间有待年月来填充

如今的主人又再添了中国的檐瓦
在南法葡萄的夜晚翻译山东的狐仙
今日书成桌上，一众围坐屋外喝茶

黄昏在花园里望见墙外山顶的余晖
画葡萄的孩子会长大，睿智的长者
期待岁月下一轮丰盛的收获

太阳很好，今年的雨水有点不够
豪雨的时候屋子又会水淹了
"有人去通渠了吗？"
女主人打点晚餐
              挪动桌椅的坐向
等房子如好酒酝酿成熟可真不容易

晚上我睡在大钢琴的旁边

重访普罗旺斯

高兴旅途中作客有个憩息的角落

早晨信步从屋后走上山

回望山谷里挡风的树丛庇佑了你的房子

（2006 年 8 月，Fomarty, Tuchan）

马蒂斯旺斯教堂

一切到了最后可以如此简约

任天气做主

阳光走它走惯的路

带来四时不同的色彩

在不可逆转的生命过程里

也总有柔美的事物

你可以比梨子更绿

比南瓜更多橘色

如今赏尽生命的盛宴

但见：

普罗旺斯的汉诗

母亲·婴儿

天空

云朵

一个穿着僧袍的人

叶子

花朵

生命的树

我们坐在这儿

看着从玻璃传来的光影变化

不同的颜色

在我们的脸上变明变暗

每个人都可以

怀抱希望

（2006—2012）

重访普罗旺斯

三　东西面谱

普罗旺斯的汉诗

芭蕉来到马赛

芭蕉来到马赛，他骑着骡子，先往山上圣母院挂单。他沿着港口骡步前行，觉得这海港城市给予他很多灵感。他在圣母院已经看见不少船只的模型。各式各样的船只，单桅的、双桅的。教堂藏画里还有东方水墨绘画的帆船。

他到过跳蚤市场，他到过大街上的画廊和杂物古玩铺。到处摆满陶瓷的蝉、骆驼、鸵鸟蛋、蛇形笔插、孔雀羽毛、鲸鱼骨、木偶玩具和古老航海地图。海港城市特别适合作为收藏的圣地、拜物教的中心。来往买卖不少。芭蕉本来就对咏物诗颇有兴趣，这时就诗兴大发，吟诵了不少十七音节的俳句，以船舵、笔洗，以圣婴、陶马、瓷枕，以象牙或犀角的精雕为题。每写完一首，向后一扔扔入背着的诗囊中，骡子也随而发出欢快的嘶鸣！

商店摆满大只大只木的瓷的蝉，据说代表好运。芭蕉记得有东方诗人认为这东西高洁，餐风饮露，但也有人认为它叫得聒耳。画像石上有儿童用黏竿捕蝉，还有炙而食之的习俗。蝉若旅行到东方可就没有被供奉的好运了。芭蕉以为自己正从事文化研究，来到马赛就注意海港城市混杂的文化，尤其充满北非影响。芭蕉抱着了解北非文化的心态，沿着共和大道，准备前往附近一所名为"King of Couscous"的餐馆。这时一皮肤黝黑青年上前问他时间，指手画脚，指天戳地，左手举前，右臂蓦然移后，搭上肩膀，一把抢走了芭蕉的诗囊，留下惊魂甫定的骡子叫不出声音来。

芭蕉也曾大叫：把诗还给我！把护照还给我！毫无准

备下他被迫参与短跑与跳栏，扮演声震玻璃的男高音、船舱遇劫的徐霞客、流落异乡尽在枝头聒耳大叫的蝉！日后他决心学习柔道或摔跤。他也可能成为一个忍者。

后来过了许多日子以后，芭蕉回想，觉得这无论如何也是一种交流。说不定这北非青年会从此学习东方语文，或对书写文字的图像功能开始发展兴趣。地下犯罪集团会从此借用俳句作为暗码，发出每日的犯罪指令：

> 火车站，正午，口渴加上汗水，何不抬走皮箱！
> 午夜，共和大道，扯断皮袋的带子，扑通一声！

他亦设想这交流有没有回馈的机会？他可有一天在杂物市场或百纳艺术店铺碰上自己绿色的诗囊？

不知这儿有没有像大英博物馆东亚收藏那样的地方，

说不定他有一天付款进场参观，赫然见到他的诗囊，以及其中的诗稿，跟木乃伊、兵马俑、非洲木偶、恐龙骨头和希腊神殿的碎片放在一起。那杂乱的诗稿甚至已誊写清楚、改过错字，并译成北非文字以作图片说明。这确实比存放在破诗囊，随便扔在他家一角为好。这样想来，他对劫匪心存感激。觉得他动作虽嫌粗鲁，仍不失为文化交流的功臣。

骡子亦似附和他，举起前蹄，发出嘶鸣的颤音，仿佛要重排当时遇劫的一幕。

毫毛*来到尼斯

毫毛几经艰辛，终于向他的部门申请到一回短暂休假。他填报厚厚申请书表格、搜集不同部门主管签名，还得应付明枪暗箭，以及一篇公开建议休假应该减薪一半的电邮。起行以前他还被皇上征调去修筑万里长城，把砖头搬来搬去，直至他踏上飞机那一刻，才把砖头留给孟姜女去继续处理。

飞机飞抵尼斯，毫毛从沉沉大睡中醒来。南部的太阳果然温暖和善，毫毛很高兴见到他的朋友老沙，回到

---

* "毫毛"（Plume）：亨利·米修（Henri Michaux）诗中的一个角色。

老沙夫妇宽敞明亮的家中，稍事休息，老沙端出玫瑰
红酒、西班牙冻汤、茄子饼、橄榄蘸酱和乳酪款待他，
毫毛终于有了在南部度假的感觉！

他食指大动，正要开怀大嚼，却发觉自己的喉咙不合
作：呃！呃！开始连连打嗝，令他无法吞咽眼前美食，
打嗝又打嗝，这变成他唯一的喉部活动，而且一旦开
始就无法停止。

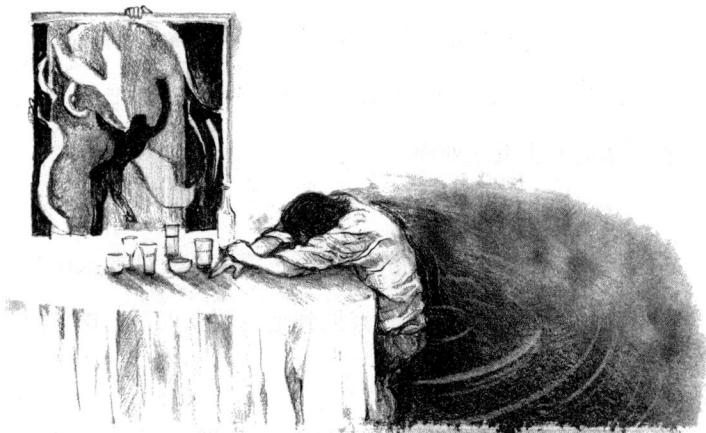

普罗旺斯的汉诗

朋友老沙为他建议各种疗法：例如深呼吸、大量喝水、倒过头或侧着头喝水、独脚跳喝水、倒竖葱喝水、掌上压喝水——做到第一百下的时候似乎有点效果，停了半拍，毫毛正要谢天谢地——可是，呃！正如一生长伴他的厄运一样，它又回到他身上了。

老沙举起巨大温暖的马蒂斯画幅，照向瑟缩地上的毫毛。正如医院里给病人照日光灯或作其他治疗，老沙好似希望画中的光线能缓和毫毛紧张的神经、令他整个人放松下来，而画中的蓝色好似和畅清澈的水流，洗涤他的烦恼，熨帖平伏他抽搐的咽喉，令它恢复正常运作。

但毫毛还是没有好转，在这疗养的环境中他还是不住打嗝，好似从不知何处而来的无底苦井中不断泵上那些挥之不去的酸涩苦楚，令他无法咀嚼眼前的甘甜。

柯布西耶*东行寄简

佩兰我的老友，你好！

打扰了那么多同胞的午睡令我忐忑不安。我因此写信给你。既然你喜欢各种美的造型，又特别欣赏圆球形状的美，我就来和你说说民间的瓶瓶罐罐。

我们坐船出海，乘火车穿省过县，为了忘却我们沉溺其中的小岛，张开眼睛看看其他灵心妙手捏塑出来的美妙形象。我们老是期待，在京城某间阴暗的小铺、某位老太太尘封的阁楼上，会找到昔日那绚丽优

---

* 　勒·柯布西耶（Le Corbusier），法国画家及建筑师，年轻时（1911）往东欧、土耳其等地作长途旅行，著有笔记《东方游记》，上文借用改写他《致拉绍德丰"艺术画室"友人》的部分句子。

　　　　　　　　　　　　　　　　　　普罗旺斯的汉诗

美，叫我们眼前一亮的东西。

可是，我们的运气不够好。老是碰到大款在酒楼穷奢极侈的豪华饮宴，流氓骗子在街头巷尾打我们主意，商贾买办以庸俗假货来骗取我们的银圆。

也有机会访问画廊，可展出尽是喧哗和油滑，好似已经忘却了这民族曾有过丽质天然的美。我们被导游带到工艺品专门店，放眼尽是不实用的茶壶、丑陋的茶杯，肚子凹陷的花瓶、坐伤人的椅子、装不了东西的箱子，以及种种奇丑、荒谬的小把戏！

我还不死心，我记得曾在老书上瞥见非常优美的艺术造型。在我的恳求之下，一位年轻人为我找来几本大书，其中一本还是一位过世老作家半生改业专研的部分成果。我这老外一见就着迷了：那些人面鱼纹盘、螺钿菱花式盘上的龙纹、瓷罐上的龙凤、青花扁壶上的金鱼。还有那些陶俑人形、汉砖上的生活情态、蓝底白印花布的染缬、这些簇簇鲜花的纹样、大胆又新鲜的想象，怎可能完全消失无踪呢？

我还在大街小巷溜达、泡在茶馆里听乡里瞎聊，偶然也跟着哥儿们串门过户，说不定，有一天，在某个寒碜的地下室、某个堆满旧书和脏油彩的房间里，我会再瞥见一些活的线条、生动的美的人形？

握手！

（以上三则写于 2006 年）

韩熙载夜宴图

一声重拍令我乍然惊醒

那便起身整冠

作出独舞的姿势

你或知道我每一舒展

都摆脱不了宵来的沉重

只是无谓在人前

反复沉吟

那便点灯迎客

让酒肴花茶曲尽

主人的美意

任五女清吹

把盏斟酒

任女伎舞四块

大师何妨共舞十八罗汉

何妨

朗诵新词？

累了

且坐下来听歌伎

怀抱琵琶

轻拢慢捻

随弹唱的歌声漫游

不要光等到

晚妆残

朱颜改

且听乐声悠扬

留取樽前

亮丽的舞衣

你见到状元郎为歌姬倾倒

你见到醉后的学者

意乱情迷

你见到斜坠的云鬓

微微越轨的呼吸

腼腆的画师我看见你

躲隐在宾客之间

守礼地观察我们的糜烂

不必逃避我注视的目光

我也只不过想知道

你可有投入

被歌舞所诱

改动你心中画稿

抑或始终保持

尚理的冷峻

停留在那热情的

外面

绘画我内里的颓废?

普罗旺斯的汉诗

让我进一步试探你

以五女的纤足

巧击小鼓

你的视线如何追随

那些足趾与足踝

细柔隐秘的转动

你如何追随那些

轻纱曼舞

婉转低头的

颈上的汗珠

你能窥探所绘

而不为所动吗？

哎，你又会说那只是欲望蠢动吗？

谁可为你增添画面的视野？

且让我狂击浪鼓

一泄百年历史的抑郁

别了，尽兴的客人

明白或不明白

我们在历史中的位置

总有未偿的心愿

未有回报的痴情

别了，尽责的画家

观察者

你将会写

你眼见的

目送你们离开我的画面

我坐在这张椅上

护住心中沉思

无人聆听的

弦管继续下去

（2008年初稿，2010年修订）

罗聘鬼趣图

秋天里风吹

阳气弱而阴气重了

无常摇着它的丝绸扇

是冲着你来的吗？

大头鬼的头为什么这么大

俏娘子的舌头为什么这么长？

当你用一朵花布下甜蜜的陷阱

正有人在一本大簿上

记下你一生的账目

乱发的山鬼伸出长臂

要抓住那些未能抓住的东西

小鬼跟随一把伞的翻腾

不知被动荡的旋涡卷往何方

风吹向路的尽头

白骨持着箭和沙漏在守候

总有那么多朦胧的地带

老叟和青年，主与仆

痴胖的、骨瘦如柴的

有头发和没有，男的和女的

种种奇怪的关系

氤氲网里缠身的灰带

形成了，扭曲了

在墙角积聚了不知多少日子

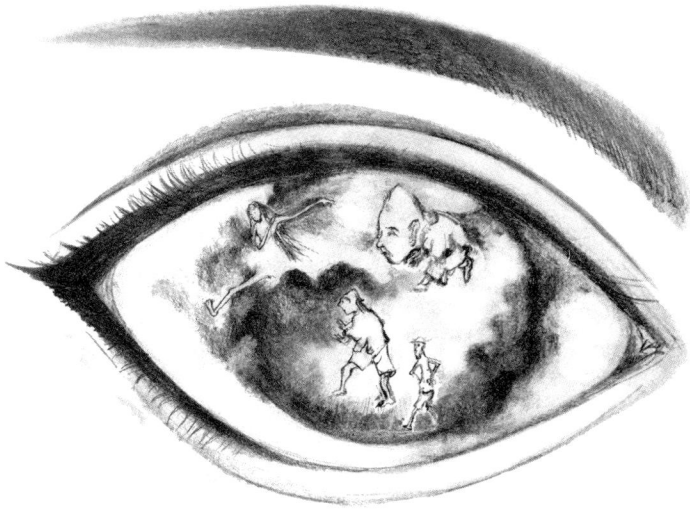

东西面谱

冤屈在霉苔中长出眼睛和嘴巴

是墙角蠕蠕而动的形象

缓缓伸出手，要向你追讨

失去的玉钗、心中的珍宝

有一双能看见鬼的眼睛

是一种诅咒

是一种福分

在云雾里看见了星星

在魅魉的阴郁里

看见了人

把纸染得湿透

然后着墨

为了在朦胧中浮现

新的众生的形象

（记 2009 年在苏黎世 Rietberg 博物馆看罗聘大展）

潘天寿六六年画《梅月图》

二十八岁画竹，虚其心、劲其节，岁寒矫矫凌霜雪
那年，初生之犊来到十里洋场的城市，狂涂乱抹，
只恐荆棘丛中行太速

梦游黄山，以长松承接远近
梦境与现实，点点阶梯由此地到彼地

终于画好那蹲息磐石的墨鸡
想那战火蔓延，离乱的日子，不作指画已三年，
何等荒率！

普罗旺斯的汉诗

柏园高士，好养清高旷达之气。辞去杂务，濠梁观鱼，
越过青苔和点点的墨点，也可静赏生而曳尾于泥涂的
同道。

铁铸的山岭、险径——
谁不曾时在梦中堕入深谷。

黄山始信峰头的古松
郁勃鬅鬆，如何描绘千年奇物的神状？

不同心情的焦墨，雨后千山铁铸成，以焦墨试作米家
山水，孤冷彻骨。亦可黑白求致，山树间留下寒白似
积太古雪，岂不亦可炎暑中追求清凉之乐！

芭蕉、野藤和蛛丝亦刚亦柔的推进，可是引向
石崖上栖息的黑色八哥，
崖顶聚息，也容张望不同的方向？

兀鹰雄视，睥睨群山，镇住了岌岌的巨石险图。

铮铮的铁骨，强悍的硬线，时时好似要折短——要屈
从一幅新裁画面的布局？

也画帆运新安江西铜官铁矿石，一笔一墨间无处不现
粗鲁矣，奈何。
松梅之间也尝画上阴阳向背的"和平"鸽群。农民争
缴农业税。庆丰收。暮色苍茫看劲松！

夏塘里的水牛，背上堆墨浓重，半浸池塘泥泞，牛角
缠绳，
不服气地直瞪着我们：为何要是落得如此下场？

风雨欲来，再一次磨墨，以指头涂抹冬日的寒梅。
难再濠梁观鱼。

熟悉笔墨的虚实、穿插、斜正与开合，是有私人的气

韵节奏。但在那外面总有更大或更窄的构图框架，更大的风潮要吹乱画中的主次疏密。

指头尽蘸浓墨，暂忘窗外的风雨。以老辣的墨线，勾勒老干伛偻盘曲，千百年的雪和苔锻炼了苍古不坏的身躯，在冬夜独有新发的梅花静静开放，向望未尽为暗云抹盖的月色，也仍受月色眷顾。

只沉入画中的境界，也不知，也管不了：能否待得春天到临？

（2012年2月观潘天寿回顾展"墨韵国风"有感）

罗兰·巴特七四年参观京城印刷厂

这已不是花絮，而是本质。

穿蓝色衣服的人列队欢迎我们

印刷机翻腾，正大量印刷阿尔巴尼亚海报

铸铅车间，他们在分拣汉字
总有些使用频率最高的汉字
结合牢固，像建筑的砖块

（而我，则对操作印刷机的那些身体感兴趣）

有人在演说，与高悬布幅上的标语内容相同
数字与砖块。使用频率最高的

尝试找出一个热水壶与另一个
一件蓝衣服跟另一件的分别

（外面传来国际歌的歌声）

穿着蓝色工作服。有些是深灰色。
统一中没有参差吗，也不尽然？

一台印刷机与另一台印刷机的分别。
不印刷、不阅读与实践无关的东西。
重新拆构。消除差别。

（我凝望那俊俏的男子，但又有什么用呢？）

（2012，挪用拼贴罗兰·巴特《中国行日记》部分

句子）

　　　　　　　　　　　普罗旺斯的汉诗

四

新游诗

普罗旺斯的汉诗

罗马机场的诗人

那另外一位客人是谁？

坐在候机室里，将要与我

同时转机往斯洛文尼亚诗歌节

诗人，有明确的记认吗？

肥胖，还是纤瘦？

是男？是女？

将要在山洞里念诗

行动诡秘如一个间谍

在众人的喧哗中默默记录

转眼就会晒干的雨的痕迹

假装买一个牛角包

其实是想体会面粉的温软

可以发展的形体和线条

口感以及其他

他假装坐在轮椅上

为了感受肢体不能舒展的限制

他笨拙，思想比脚走得快

他不一定是那个戴黑眼镜

穿破牛仔裤和银色凉鞋的

他不一定有那么时髦

穿一件探长的长外衣？

他的确留意所有的细节

拿一个烟斗，那就未免太表面化了

普罗旺斯的汉诗

他是秃了头，穿一件可笑的红 T 恤的那人

谁说不可能呢?

有一双锐利的观察的眼睛?

腼腆是为了老想保护住内心的一点什么?

读报，穿少年就开始穿的球鞋

穿一件无领的黑毛衣

戴黑眼镜，够酷

还是拿一瓶橙汁，故意扮作平庸?

一半想逍遥飘逸乘风而去

另一半，把自己扯回地面

穿黄色运动衣的短发男子

正聚精会神地用手机

给上帝发短信

这位女子穿了一条特别长的长裙

一定是把所有诗稿

都收到裙底的褶缝里了

又还是那个穿橙色连衫裙的胖女子？

她把两个不同的人挤在同一个身躯里

（2005）

　　　　　　　　　　　普罗旺斯的汉诗

威尼斯

一

在每道桥的倒影，每道小巷的转角
总仿佛听见嗡嗡的声音
不尽似是舟楫的叹息和游鸟的戏谑
不知来自人间何处，正有人向我
发出讯息，我调整接收的波长
是谁在想向我说话？
在先后不同的时间，我们曾经
分别跨过这道桥，转过这小巷的转角

感到了相似的波动?

二

桥下的流水流过，舟子

见惯了好奇的客人，撑桨顺势附和

一个浪漫的期待，需要时也高歌

一曲随着鸟儿的叫声没入黑夜

眼看耳鬓厮磨的人互相对骂

同舟者终于分道登上不同的码头

一切都是月色下的通俗剧情

犬儒的眼睛看尽分手的人

在分叉路口走向相反的方向

三

轮渡上互相厌倦的人挤在一起

起茧的心不会再为阳光和轻风

泛起涟漪？在船离岸的刹那或许还会

回头，想最初如何在迷宫般的小巷迷失

可以走向壮阔的波涛，亦可以是

广场中一口干涸的古井、游客

俗艳的花俏、装置艺术时髦的庸俗

经过这么多歧路，仿佛路标都是陷阱

不见得所有的路都走得通，水都相接

四

我理解你的辛酸，事情确是如此

到头来每个小岛独守自己的风姿

任游客来来去去。只或许偶然有人

在经过时瞥见了一些比他个人巨大的

风景，那海报在他脑中萦绕不去

（同在游船上，周围身边的人

不认识彼此的价值，各有不同的怀抱）

可有个人，在运河的这边，感觉对岸

正有同样经过繁华想回到素朴的另一人？

（2005 年夏天作，2006 年夏天修订）

孔子在杜塞尔多夫

拖着行李走回火车站前的大路

有时不禁自问这样惶惶恓恓为的是什么？

总是想回到老城，想那儿有更好的秩序

但找不到海涅的故居，诗人已去，只有

铁丝网和围板遮挡，可敬的浮雕也不复见

为什么只有不断的修葺与重建

是为了附和公侯大路上的奢华吗？（我也曾

驻足教堂旁的幽径，听里面传来的乐音

看工人们正给一辆搬运老啤酒的货车卸货）

我也曾走上大路，却是想向陌生人

谈邻里和伦理，有点可笑是不是？

总有人漠然离去，有人向我推销匆忙绘就的

世界蓝图（也未尝不像我向世界推销我的）

时尚的潮流难以捉摸，国情不同可不易解释

（幸好没有记者刁难追问西藏的问题）

你这异乡才子却老挑衅要与我斗喝白干

你心中诗人是斗酒不醉潇洒不群的仙家

我只不过熟悉人世的曲折，在其中周旋

唤起人们去想象温柔敦厚的诗教

一旦烈酒开始在脆弱的喉间燃烧

只教我无法心境平和与世界细语商量

时装店里不穿衣服的模特儿尽盯着人张望

还有人从阿姆斯特丹带毒品进来吗？

一个褴褛的嬉皮，可敬我敦厚的乡礼？

西装笔挺的股票掮客，可会聆听我的话语

总有那些时而明亮时而灰暗的眼睛

那热切的眼神，我能说出他们期待的吗？

不要拿人家自豪的老啤酒开玩笑了

就此别过吧！冷傲忧郁的才子

主人盛情招待，席上相逢皆是俊杰

彼得尝遍各省的中菜，咸辣皆宜

比夏、莎拉还有你的女儿安娜

都是难得的好女子

不要说轻薄的话，要尊重她们的意向

不要期待她们留神一个老人的语言

我已不动心了，却还未到

从心所欲不逾矩的境界

还是要上路的，那便上路吧

又下起雨来了，幸好还有善心的大姐

打一把伞把我送到火车站

淳朴的民风仍会发扬下去的

夜车颠簸的卧铺上，听着邻床侵略性的

鼻鼾声，睡不着的时候想起了这些事情

（2008-04-24，杜塞尔多夫）

　　　　　　　　　　　　　普罗旺斯的汉诗

清理厨房

——给下一位房客 Mr. Jan Sonergaard

我洗干净一切望你有干净的杯盘

可以使用，清洁瓷砖上的油脂

但愿后来者呼吸愉快的空气

磨砂玻璃外环廊栏杆上

总有五头灰鸽如五头乌鸦

戍守的狱卒把我们暂时关起来

为了令我们欣赏更大的自由

辛勤的通宵写作以后

一碗热汤比一个政府更能支持

艺术家的肠胃与胸怀

文字在热锅上翻来覆去

为了熬出那成熟的火候

男性作家不也需要一个厨房吗？

脑筋和双手同时需要运动

怎样去认识一条河？

从厚厚的历史书、从明信片

还是从炉上锅里的香味？

鱼鲜里有深海寒冷的智慧

厚壳的螃蟹与贝壳里的温柔

沉潜累积的历史教人细嚼滋味

从一片鱼鳞去想象一面汪洋

黄昏鸟儿飞出细碎的符码

向你传达暧昧的讯息

一道吊桥的起落把战栗传给众生

我们是河，流过我们的平原和峡谷

也有触礁的险滩，也有风平浪静

归向包容我们的海洋，思绪凝聚

从咖啡壶的烟上编出缤纷人世

（2007 年 1 月底）

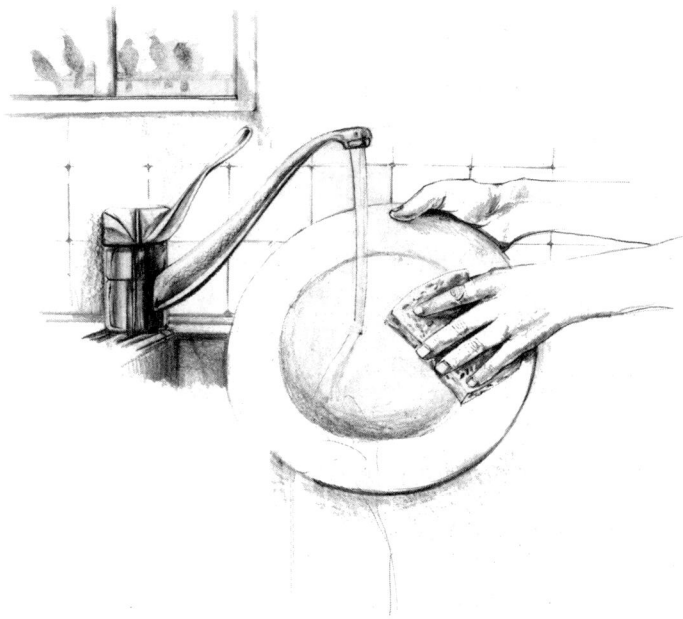

一顿饭里总有那么多人情

一顿饭里总有那么多人情

我们未必能够全都翻译过来

特别纤细的海藻来自冲绳

再在上面加上姜丝

的确令人开胃

它糊状的口感

却令你记起不愉快的童年

台湾的乌鱼子日本叫作唐墨

我说高野豆腐藏酒的故事

你却从未听过

你叫我留意

高野豆腐的皱纹

压缩了许多日子的甘苦

一下子涌满口腔叫人无法提防

春菊菠菜跟芝麻混在一起

你的乡下更爱把它们分开

红色的小粒叫作蓼

（世界上确有食蓼之虫）

用来挑逗规矩的生鱼片

我们已经不是发育时期的海带

不是大家都喜欢那种刺激

米糠发酵的泡菜

据说要每天不停地搅拌

年迈的母亲早就教导

还是不要做糟糠之妻的好

海带在少年的阶段

新游诗

普罗旺斯的汉诗

立志长大成为独立的女性

从事文学和翻译的工作

桌上来了三种鱼

有些鲜炸，有些烤

有些腌了一晚再煎

各有不同做法

鲷鱼

鲽鱼

还有另外一种

中文不知怎样称呼

在高山长大的朋友

为我们介绍了不同的鳞鳍

自己原来并不爱好鱼肉里的刺

最后的泡饭

也不是小津的那种

是小鱼加上小藻

偶然碰上一颗胡椒

是改变你一生的夺命佳人

总有些人喜欢复杂的关系

总之每棵菜都不一样

不光是小津厨房里夫妇的口味

碟子上总有不同的人情

（2009）

　　　　　　　　普罗旺斯的汉诗

横滨的老玉楠树

我是一株老玉楠树

见证了许多事情

首先是北亚墨利加人物

挺着特大的鼻子手持偃月刀

Tingu 或是无常驾着黑船

领着兵队持着武器

涌进我们的港口上岸来

然后签订许多许多文件

瓦版或者图版

浪费很多木材

普罗旺斯的汉诗

订定许多条约

强行把我们的土地打开

用护城河围出它们的疆域

猫有九命的黑大将军

螃蟹转世的白无常

在我们的胸膛建出第一条大路

为我们的心脏搭上异乡的桥

带来了煤气灯和邮便

电灯照出衰颓和皱纹

洋裁缝把我扮成稻草人

学打网球鹦鹉争着说话

有新闻固然未尝不好

有八卦也未见维新

树木做成纸张报道无聊的虚耗

用旧了垫进台阶在地震之下

又露出了原来的慌张

红毛鬼来了又去了

绿眼郎溜掉剩下卖油郎

一幢建筑好几种风格

不断的补修每个朝代

总要强调它们儿戏的功绩

舞台的帷幕拉开船建了又沉没了

戴上面具扮演一场又一场摔斗

总有人在门外呼吁战争

众人在座上鼓掌起哄

如今游客又再踏上我们的台阶

透过窗框张望我这老骨头

我不知他们看见天神还是妖魔

我不知他们看不看见我

（2009 横滨）

　　　　　　　　普罗旺斯的汉诗

樱桃萝卜

一枚樱桃萝卜是世界公民吗？

老实说我并不知道

你说当年念完了音乐本来就想回去

读法律的德国同学坚持向你求婚

照片中人多年轻多漂亮哪！

十六岁，正在开始学习弹钢琴

本来想念完书就回去印尼的

那时还未遇到李斯特的学生的学生

那时还未读遍那么多琴谱

那时生活是简单的

那时还未煮出那么多适合家中各人口味的菜

普罗旺斯的汉诗

现在你调味把有机日本和德国的菇类煮成两碟

一碟给嗜辣的老顾

反正他又总会嫌不够辣的了

另一碟为了我

这吃得比较清淡的诗人

谢谢有经验的律师先生

从酒窖里找了一瓶法国好酒

与我们分享，自己却浅尝即止

因为还要开车，有顾客要来咨询

我们吃印尼菜喝法国酒

最后还有特别买来的意大利甜品

提拉米苏

律师先生很喜欢意大利菜

他当然是世界公民

虽然一向还不大欣赏诗

我们谈印尼菜与荷兰的关系

越南市场里的法国棍子面包

还有够甜够浓的咖啡

食物在旅行和移居的过程改变它的味道

酒在地窖里成熟

鸟在悠长的飞行中消瘦

希望他今天晚上开始欣赏诗

顽固的学者你的老师老顾

老要喝烈酒

老挑战要我写一首诗关于

眼前这枚小小的圆圆的红皮肤萝卜

我过去笑笑就算了，不知怎的

今天倒有兴趣接受这个挑战

也许因为知道它也旅行过不少地方

我老在想昨天看到的 Courbet 展览

柯勒贝克老为自己描绘不同的自画像：

受惊的、绝望的、濒临疯狂边缘的

感情有不同的幅度，对世界

有各种不同感受的层次

我们在其中旅行

靠近叶子的上半部汁多味甜

靠近末端的下半部汁少味辛

若只有小小一枚

适合生吃

磨成泥、切成丝

我们是混酱公民吗？

在口感的地图上摸索前进而已

不敢以为已经跨越

不过是在这里的时候想起那里罢了

萝卜总有成长的故乡

从古埃及、古希腊就开始栽种？

据说起源自中国或高加索南部？

新游诗

老早就设法解决先民的宿醉、胸闷、消化不良

记得在柏林时去寻找一位日本作家的故居

我无意中拍了一张照片，上面写着：

一个东西南北人

经历了疾病、流徙、失意

我们什么时候变成一枚樱桃呢？

怎也不敢忘记萝卜的一半

（2008）

北京栗子在达达咖啡馆

山西老乡把你带到苏黎世

文化交流真的迎来不少特别的客人

Culture

Scape

China

文化逃走真的离开了不少家园

你问我说什么

文化的难以沟通唯有靠咖啡座

的耐性才可以疏导

天气太冷还是喝一杯绿茶

走过万水千山还不过是围在一起吹牛

普罗旺斯的汉诗

舞台上瑞士人展示中国气功是一场场乱舞

很可惜他们在广阔土地旅行没有找到更好的针灸师

瑞士朋友老是找到好笑的东西

手脚插满了针像一头刺猬

从可笑的姿势里可以听到内心的哀鸣吗？

东方或是西方，治疗都不容易

超乎现实表象的现象如何去了解？

掷骰或是通过电流的强权

中国的实验剧总有太多

无法控制的噪音

强辩以单一的方向进行

舞台上的人形以蚁步移前

小睡一刻醒来还在那里

录像的叙事者要把母亲的

死亡赤裸裸抛给你

连着那个结论好像一切没有

出路？唉，够了

可以让我们坐上木马摇摇摇

可以让我们随便翻开字典找一个突兀的可能出路？

可以多一条神经

少一点陈言？只是看得出来

北京栗子不大喜欢古怪的咖啡店

鲜绿衬得它有点贫血

它在阴影中照相失去焦点

一不留神又不知滚到哪个角落去了

另一方面这些时髦的咖啡店

也没有善待我们来自农村的同胞

对它的沧桑一点也不感兴趣

势利地嘲笑纡尊降贵地保持沉默

想在它平凡的硬壳上猎奇又宣布失望

哎呀，文化交流真是不容易的一回事！

（2009）

　　　　　　　　　　　普罗旺斯的汉诗

罗马尼亚的早晨

在院子里吃早餐

一片叶子落下来

外面街上一个小孩子走过

一个中年男子骑着自行车转回来

一位爱沙尼亚老学者

说他花了许多年时间

翻译那没人注意的

十七世纪西班牙戏剧：

《人生如梦》

一位芬兰诗人

告诉我他年轻时

流浪在印度

去寻找心中的诗

他的脸孔和他的 T 恤仍在反叛这个世界

一个年轻的女孩

仿佛刚走出大门

看见外面的世界

阳光很好，有点风

想着自己

和自己以外的世界

忍不住笑了

（2011—2012）

新游诗

座头鲸来到香港

他们并不知道

你的先人来过这儿

（他们老在问：这儿可也曾出现过

向往海洋的视野？）

他们也不知道你来追寻先人的足迹

你能寻到什么呢

这儿是个善忘的城市

他们都不大看得起自己

老觉得该没有什么大事会在这儿发生

只是偷偷庆幸捡到便宜

顺便出海偷瞄几眼

明天在饭桌上炫耀两句

这就够了

日常生活不要超过保守的尺码

吃饭不要用太大的碗

若要游泳

儿童池就够了

需要什么请先填表

有什么计划请排队轮候

有电话进来先耍你两手

你这样闯进来是太不守规矩了

不过也没有人出头批评

他们都等着看看有没有什么好处

能否分到一杯羹

折扣优惠买一头吹气的小胶鲸鱼

分期付款买一角海景

在世界大事的旁边

拍一个照

他们完全没有想到

他们永远不会相信

你是为这个地方而来

你是为他们而来

你是为他们带来了海洋的警告

（2009）

卧底枪手逃离旺角

一只眼睛伤得不浅
令他不断看见幻象
这时火车已逐渐离开旺角
开往另一个陌生的城市
在右边，太阳照在海洋上
波光闪烁，提醒他已离开了
宽频人、回佣人、线人和差人
但是也可能未必能离开
他的头痛。
　　　　　　前面的座位上
酡红面颊的女孩有柔软的嘴唇

不断啄吻胡子平凡的侧脸

已经没有一个人这样爱他了

他挪动压着腰的手枪

在可能范围内令自己放松一下

有人推着咖啡经过

不要以为那掩护着

另一场夺命枪战。

湖泊和树丛

沼泽地露出汽车的天灵盖

还可以从那儿救出一段故事吗？

已经失去了那么多

何妨卸掉更多的行李

厌倦了枪战，争夺地盘的火拼

每回相见总连起旧日恩仇

新的商场别扭地建起来了

色情灯箱从旧街往外挪移

麻将馆里仍有各自的霸王

可那旧日湫隘的街头原是

普罗旺斯的汉诗

新游诗

他启蒙的角落。

                火车穿越高山

和变幻的季节，最远的放逐

离不开心的暗区。明媚的山水

如此秀丽，他负伤挨在座位上

穿越世界也可能只会哼唱自怜的

黑色歌谣，或以为展示伤疤就是

唯一的反抗？草原上的小房子

一对互相扶持的老夫老妇

未尝不扯去他羡慕的眼光

但背囊太重了，各地的天使

早有归宿，他继续孤独的旅程

知道未必能找到一个未曾扭曲了

生态的社区、未尝落入窠臼的反抗

不知是他最大的悲哀，还是快乐

当有日放逐者归来，回到旺角

（2009）

五　新游诗（二）

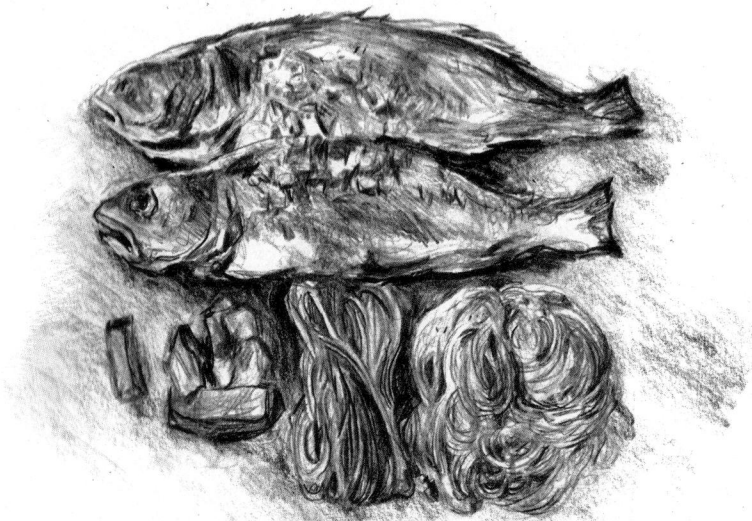

普罗旺斯的汉诗

在光州吃荣光黄鱼

你看见我

头颅和尾巴还保留了

可辨认的形状

还是固执地指向

我想去的方向

可是我的身体

其实已经历了多重变故

经历了海峡盐风的吹刮

经历了刀剁的错乱

经历了骨肉的分离

棒打的伤痛

经历了暗室的囚禁

经历了自由的喜悦

所以我的身体特别甜美

请耐心咀嚼

你尝到了吗？

（2008）

庆州包饭

在阿斯女曾经期盼阿斯达的影池

还是没投射塔的影子

等待了许久

等待了许多年了

你是湖水，包裹我失望的身躯

你的菜叶，包裹我灵魂的米饭

日本兵和石狮子不见了

被历史的虚无包裹起来了

寺庙不见了

普罗旺斯的汉诗

被宗教包裹起来了

情人不见了

被狂热的爱情包裹起来了

风沙把月城骨窟庵如来的膝盖

包裹起来了

你呀命运，什么时候

把解脱桥包裹起来了？

干旱期待下雨，下雨等待晴天

变成龙升天的皇帝

可以吹起笛子，令万顷波涛平息吗？

透过层层菜叶上

如神水般忽明忽暗的光泽

咀嚼米饭一般去咀嚼新罗的历史

（2008）

光阳烤肉

我是光阳炼就的铁板

我的钢网承载纷乱的杂思

散碎的片絮随它漏去

未成熟的让它逐渐成熟

不要过于生涩也不要偏焦

爱看思想在激辩的交战中展开

吸收一切熬成从容的智慧

我与你碰撞离合又互相补垫

锻炼成为滋养心灵的食粮

我是光阳炼就的铁板

承载你在我身上反复翻腾

淋漓的汗雨与奔腾的风息

鲜嫩的嫣红微微灼成微棕

把卷曲的暗角舒展，令坚韧

的逐渐变得柔软，揩拭渐进

体贴地搓揉你全部秘密，被叶卷围

各种狂想把你抱紧，可是豆酱蒜头的

辛辣把你摇入极乐的昏迷？

（2008）

砌石塔

有人放下一块石头

许一个愿，另一个人

在那上面放上另一块石头

许另一个愿

小小的石塔

是这样砌起来的

站在这儿

面向茫茫大海

曾经有过晴朗的早晨

有人站在这儿

普罗旺斯的汉诗

看见日出

从海上升起来

光线照到（现在已挡在

墙壁后的）释迦如来佛

照到祂眉间的钻石

光便会反射到丛林和岩石

普照众生万物

来到寺院这儿

看檐下挂一尾大鱼

檐上的游龙

各衔着不同的东西呢

无言是寺的名字

无言道识就好

语言总是把事情混淆

诗就该是无言？

该珍惜

不乱砌成无聊的玩意

那些隆起的

是过去的帝皇的坟墓？

有人走过去细看，有人在

饭店门前喝咖啡

调笑天下大将军

不过是木板砌成的破木人

砌上一颗新的石子

把低矮的想望

叠高了

把原来私己的愿望

又加上新的思想

该怎样保持平衡

不让欲望臃肿

倒塌

散落一地？

普罗旺斯的汉诗

每人带着默默的期望

聚首又要告别了

一个时钟，记着韩国的时间

瞥见的山头，是南方的山

一层又一层，有些灰黑

有些淡青，勾勒起

相若又分离的起伏，连绵

下一个转弯，挡住

又看不见了

小小的石塔，有些

堆得高，有些矮

堆了满满后院

有人在主宰今天的云雨吗？

一时雾湿，一时放晴

农舍滑润的蓝色屋瓦

开山翻出的一堆土丘

一个意象叠上

另一个

一首诗

我们砌我们的石塔

（2008）

　　　　　　　　　　　　普罗旺斯的汉诗

鸟居之道

维持清醒并不容易

近日的新闻里

有几起中学生自杀

老妇遗体发现在山边

我们继续登山

走过一道又一道鸟居

鸟居是红色的大门

延续成无尽的参道

从大正到平成

我们走前人走过的路

普罗旺斯的汉诗

总是上山的路

有人在烧落叶

看见一闪一闪的火光

两位老人家卷起帆布

扫干净路上的落叶

把落叶堆在山边的落叶上

抬起头

枝头还有清幽的红叶呢

稻荷神的手下

狐狸先生老咬住一点什么

默默地看着我们

走到山顶

石冢无言

默对山下的众生

纺织和酿酒的

来求生意兴隆

有些支柱已朽坏

大家在石冢之间

占卜未来

小吉、小吉、向大吉

目前生活的混乱

会走向更清晰的前景吗？

我知道

需要时间

走过一道又一道的鸟居

（2008）

　　　　　　　　　普罗旺斯的汉诗

那边、这边
——核灾后致日本友人

你们那边怎样了

黑色的潮水淹没了

那么多时日搭起的家园

无辜的人丧失了性命

谁的拨弄的手震抖

掀开了潘多拉的黑盒

我们这边在喧哗浮躁中

也在学习如何面对失去

文明与法理可以如此脆弱

古老的居所已经倒塌了

新游诗（二）

　　　　　　　　　　　　　　　普罗旺斯的汉诗

我们曾经一直相信的

不要轻易倒塌才好

鸟儿还在黄昏时分

快乐地回到老巢？

优良的白米还在

酿成醇味的清酒？

我们珍惜的果实

不要在灾难中败坏才好

政客堂皇的演词过去了

企业家赤裸的野心过去了

我们老百姓修补各自的家园

在节省能源的日子，悠悠地

喝一口清粥，想念彼此

青草一样绵绵生长下去

（2011）

新游诗（二）

山东：百脉泉

一串串的心事从心底冒上来

涌上来
一串串点点圈圈的泡泡

南高北低的地势
水往低流
新鲜的
呼吸
顺畅的
流动

　　　　　　　　普罗旺斯的汉诗

挡住了

禁区

又一个禁区

花岗岩的脑袋

无法渗进一滴水

退回来

老是退回来

老是一直盘转回旋前进不了

改变不了？

回旋不知该怎样走下去

前进不了

卷回的身体摩擦土地摸索土石间的隙缝

重重挣扎中

寻找出路

感情汹涌而出

渗进广大而空漠的未知

自己消失了？

改变了

变成另外的形态？

一串串的珍珠从水底冒上来

（2008）

普罗旺斯的汉诗

风筝与年画

天上飞的叫风筝

地上贴的叫年画

一

历尽沧桑的木板

在动乱的日子

用旧报纸包好

埋在泥里

今日劫后重新出土了

这是到处已经找不到的

普罗旺斯的汉诗

杨桃木

拿把子在木板上涂上油墨

大家都不会自家调油墨

只好将就用现成的了

把白纸覆上去

用垫子扫一扫

记得要扫得均匀

记得的——好多年了

你的形象再出现在纸上

对我微笑

只是衣袍上那些细致的丝线

已经开始溃散了

二

把竹竿剖开

刮去竹皮

露出竹青

把它烧成需要的弯度

把它烧成必须的眼睛

一只蜻蜓逐渐成形

曾经在动乱的日子

骨头折断身体揉成一团

在火舌中听见破碎的呻吟

今天重新恢复了我的老店

家人团聚说着昔日的光荣

屋角搬来簇簇新竹

民间的莲花换上福娃

超人和叮当进入画面

我们迷茫了

不知在门上贴什么

该把什么放上天空？

（2008）

出　关

出了嘉峪关，就可以往敦煌去了

兰新铁路，五七年开辟的第一铁路

把燃油运到华东

天山雪水融后滋育了绿洲

过的还是鸡叫狗鸣的生活

可水电都有了

游客也来了

坎儿井的水儿清

葡萄园的歌儿多

更多生意人来了

生活没法像老歌儿一样了

沿路会看见边关的烽火台

偶然一所房子像泥土的颜色

在黄土里多少年了

老百姓是泥土的颜色

当然，嘉峪关是卫生城市

垃圾靠风吹，污水靠蒸发

我们要走出去了

乘车或骆驼

西出阳关，茫茫一片大漠

辉煌的宫殿只剩下两道阙门呢

戈壁红柳未开花，开了花

火红火红的盖过帝王的烽火

酥油茶好喝吗？

手抓羊肉居然如此美味

不同的食物令你的肠胃惊讶

带来微微战栗的抗拒

外面是不同的香料

　　　　　　　　　　　　普罗旺斯的汉诗

不同的民族，有不同的信仰

缤纷还是残暴——延绵多年

听说关外的征战，厮杀仍未停息

你带着好奇抑或不以为然的想法

晨昏变幻，改变你茫然的目光

我们要出关去了

持一函护照，等待大人签押

古装美女载歌载舞

若要拍照可得付钱

昔日旅人来到绿洲

艰难的商贾在旅途惨遭劫杀

如今是导游和司机敲你竹杠

西出阳关，没有跟我们想法一样的友人了

喝的那杯酒不知是什么味道

走进陌生的空间，耳边

再没有熟悉的歌声

（2008）

普罗旺斯的汉诗

在莫高窟再闻汶川地震

祥云朵朵，飞天身披彩练当空舞蹈

在空中腾跃翱翔，吹奏横笛

反弹琵琶，带起满壁香风

没想到，人间的地壳抽搐

土泥倾泻，活埋了无数房舍身躯

可是雷神推椎击鼓，带来怦然的

心跳？可是恒河从天而降

连河神也坠落，引起大地震动？

人世的建筑如此脆弱易折
佛国世界的建筑才富丽雄伟

壁上岂不尽是西方净土的风景
还有窟顶东披力士手捧莲花宝珠？

但窟中珍艺何尝不亦历经灾劫
道士把经文卖掉，投机的掮客
勾结外商砍下菩萨的头颅

历经灾劫，佛身也露出了
底下的芦苇、麻刀叶和棉絮
残缺的佛像依然有庄严的容颜

人间的陋宅却经不起巨岩的暴虐
亲人被无情的屋梁压打，隔断
阴阳，仿佛一村的人身受千钉
剜燃千灯，为什么要遭这般苦难？

新游诗（二）

要供养诸天神佛的哪一位

行大慈悲、矜及一切

才可以消灾灭难、国泰民安？

空中飘飞着枝叶艳丽的花树

壁上的故事既有敛财的贪婪也有

救灾的善心，可以为兽也可以为人

丰肌美态的菩萨微微倾侧着头

慈眼看人世，仿佛正在聆听众生

对她们无尽的倾诉与祈求

（2008）

普罗旺斯的汉诗

六　诗经练习

普罗旺斯的汉诗

隰　桑

街头红砖的房子之间
那么多不同颜色的伞
忽然碰见了你
四周颜色多么明亮

微雨的路上
反映湿冷的灯影
忽然遇见了你
光影里有说不清的话

刚下过雪的街头

到处是斑驳的黑白

忽然遇见了你

四周的车声远了

细雨中的灯火这么炽热

为什么不直接倾泻？

还是藏在里面的好

每天温暖着心头

（2006）

东方之日

太阳从东边的窗子照进来

茶是暖的，客厅书架上的书

从商周开始，一直乱排到房间里

我们一本本翻，想寻找一点什么

你移过来，粉红色的袜子

轻轻触到了我的脚背

月亮从东边的窗子照进来

茶已凉了，不用再烧开水了

你说，书是翻不完的

偶然找到的总会留在心里

站在玄关，粉红色的袜子

悄悄按在我的脚背上

（2006）

　　　　　　　　　　　　　普罗旺斯的汉诗

汉　广

此地有高大的乔木
不可以在这里休息
对岸有明媚的游女
不是你所求的对象
河岸是广阔的
不可以就这样渡过

事情有它们的节奏
世界就是如此
平静宽远的河岸
悠长不尽的歌声

168

舒开明亮的世界

老会碰见美丽的女子

跟我走向相反的方向

七色缤纷的沙拉

未必是我要咀嚼的颜色

河里滔滔的流水

可有我要的一掬?

世界照样明亮

人们走向不同的方向

做着各种各样的工作

偶然经过河边

看一眼广阔的河岸

（2006）

诗经练习

卷　耳

我摘着豆芽
想为你做一道春卷

窗外漫天的风雪
电视上说航机都耽搁了

隔着汪洋等你的电话
不知你到达途中哪个城市

我剁着红萝卜丝
我把木耳细切

窗下积雪的街道少有行人

电视上说两地的机场都要关闭了

做了一半又停下手来

老半天做不成一道春卷

这时你来到一个陌生的小镇

伸出手触到玻璃的寒冷

（2006）

七　月

七月里高罗岱驾着摩托车
　　　从巴黎出发南下
七月里高罗岱来到沙可慈
　　　决定留在这个地方
八月里他找到一所美丽
　　　但有点歪斜的老房子
九月里他开始去填补二楼
　　　地板上的大洞
十月里他更换所有的水管
十一月他弄好一个
　　　悬空的卧室

　　　　　　　　　　普罗旺斯的汉诗

十二月天气开始转冷

要是没有御寒的衣服

怎过得完这一年?

一月里高罗岱修理铁锹

二月里高罗岱举脚踏耙

　　　　把土地耕松

三月里播种西红柿

　　　　还有马铃薯

一位姑娘手执箩筐在隔邻的

田间小径徐徐前行

春天日子渐渐长了

两旁柔软的叶子逐渐绿了

是什么鸟儿在叫

空气里好像有点什么

七月的蟋蟀在野外

八月在屋子里九月在门窗上

十月的蟋蟀

174　　　　　　　　　　　　　　　　　　　　　普罗旺斯的汉诗

叫到了床底下

一月的山头戴了雪的帽子

高罗岱补好了屋顶的纰漏

高罗岱有一床暖和的被窝

二月里高罗岱从摩洛哥带回来

挂毡和彩灯

自己造了灯罩

三月弄好了管用的浴室

四月里田里的菜长出小花

五月里蚱蜢在绿叶间跳跃

蝉在枝头起劲地叫

高罗岱修好了吉他的弦线

弹起彼德西嘉和活地居菲

七月里高罗岱参与了

村中的节庆

七月里高罗岱用他的老吉他

弹出许多老歌

七月里高罗岱用他的老吉他

弹出许多好听的老歌

（2008 年初稿，2009 年 9 月 17 修订）

鸡　鸣

灰蒙蒙一片

鸟儿的声音

三三两两点捺

是渡船吗

是杨柳还是货柜码头？

遥远的白线

灯光熄灭了

阳光还没有出来

她说：天亮了！

他说：还没有呢！

看不见星了

她说：尽是汽车的声音！

来不及了

事物在转变——

更好或更坏？朦胧的轮廓

我们被迫参与防守的列阵

或无谓的迈进

本来不是这样的，但如果

没有本来呢？

云层后有什么操控着风云？

没有什么是属于我们的

零星的聚散

没有什么依傍

更高处鸟儿的声音

没有点染你

心中的

弦律

涌起

我们是依偎的野鸭

是雁

飞过

山峰

不完全是山峰

楼宇

不完全是楼宇

闪避攻击

我们能继续依赖

脆弱的温情吗？

若我们逃逸出

熟悉的语言

何处是我们的

安顿？

说不出的孤寂

灰蒙蒙一片

他说：好似听见琴瑟的声音

她说：是邻居装修的吵噪

该起来了！

　　　　　　　　普罗旺斯的汉诗

不，他说

让我们永远相拥

沉回梦乡

澄蓝

浅棕

墨绿

未成话语的

山水

（2008 年 9 月初稿，2010 年修订）

关　雎

雎鸠水鸟关关地叫

在河岸的那一边

窈窕的姑娘

是我们早晨的思量

长长短短的荇菜

左左右右总捞不到

她来自不同的家境

她相信不同的神像

长长的夜里时睡时醒

翻来覆去总不到黎明

她阅读的是不同的文字

她喜爱不同的图像

长长短短的荇菜

左左右右总捞不到

她相信的是另一种价值

她追求另外一种人生

这么美好的姑娘

弹着琴瑟想跟她交朋友

她喜欢的是另一种音乐

她沉迷另外一种节奏

雎鸠水鸟关关地叫

在河岸的那一边

诗经练习

这边背着的太阳下山了

窈窕姑娘想着初升的日头

（2010）

普罗旺斯的汉诗

硕 鼠

大老鼠呀大老鼠

不要吃光我的小米

已经供养了你十年

你可从来没照顾我

大老鼠呀大老鼠

不要吃掉我们的绿树木

不要吃掉我们的青草地

不要吃掉我们的蜜蜂和蝴蝶

大老鼠呀大老鼠

不要吃掉我的小麦

我已供养了你二十年

你可从来没照顾我

不要吃掉街角的杂货店

不要吃掉已经逃上二楼的书店

不要吃掉婆婆熟悉的老街市

大老鼠呀大老鼠

不要吃光我的菜苗

已经供养了你三十年

你可从来没照顾我

不要吃掉我们的居所

不要吃掉我们的空气

不要吃掉我们的自由

大老鼠呀大老鼠

已经这么多人搬走了

普罗旺斯的汉诗

不能这样下去

我们一定要设法对付你

（2011）

诗经练习

采　绿

木板搁在水田，她蹲在上面

给我们摘西洋菜

手势那么熟练

摘了左边，又转去摘右边

不一会，摘了满袋

她在木板上，那么小

相对于那么大的山野

不要相信那些变大了的植物

不要羡慕那些无知的苌楚

搁在超级市场里，她说

会把你吃坏的，像魔术
葛和藕的纹理放大几倍
车厘茄换了大红大紫衣裳
南瓜快要变成一座山了
看来，不知注射了什么东西

她就种这几亩西洋菜
过了年，瓜瓜豆豆
今年天气暖，西洋菜
刚好成熟了——甜美清爽
会清润我们的肺腑

蹲在木板上，跨过水，灵活地
摘了右边，又去摘左边
满满整袋，不过二十块钱

诗经练习

带着整个早晨的鲜美

愈大未必就愈好呢，她说

（2012）

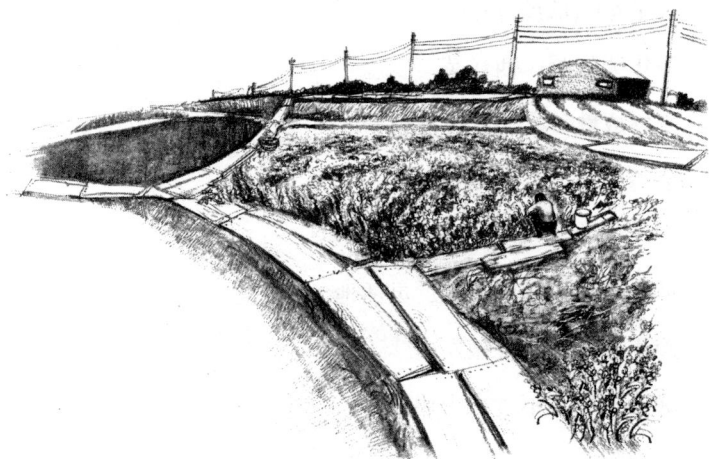

　　　　　　　　　　　　　普罗旺斯的汉诗

后　记

2006 年有机会在沙可慈修道院（Monastère de Saorge）留了一个夏天，当驻修院的作家。沙可慈在阿尔卑斯山上，距尼斯一小时车程。它处于法国接近意大利的边境，有不太频仍的火车越山回到尼斯，也可穿越边界，通向意大利的城市。

沙可慈是个傍山小镇，人口不多，也有不少是 20世纪六七十年代从巴黎退来此地避居的嬉皮士，务农为业，养儿育女。也有其他地方来退休的人。有酿造蜜糖、开面包店、冰淇淋和卖明信片的。有两三餐厅，夏天游客路过短留，冬天则山岭冰封，与外隔绝。修院原是17世纪圣方济各会修院，原来藤架上缠满葡萄，修士也酿酒种菜，自耕自食。今天老修士也相继去世，法国文化部接管，成为文学艺术交流的好地方。再没有种葡萄酿酒了，但山坡上宽敞的园子，种满各种瓜果香草。园丁把成熟的西红柿和小青瓜放进厨房随人食用。留驻的作家做饭，也会兴之所至到园子里摘些香草炒蛋。修院负责人尚杰克更是厨艺高手，偶然有节庆或音乐会，他露一手煮道大菜，大家喝酒聊天，宾至如归。

　　我在那儿逗留了一个愉快的夏天。修院确是静修写作的好地方，我住的是过去修士住的小房间，四壁可见剥落的旧日壁画，门是木门，浴室和洗手间在走廊尽头。再外面的阳台是晒晾衣服的地方，只有一只孔雀在孤独地来回踱步。楼下是宽敞的厨房，外面有宽敞回廊阳台，是吃早餐、静读和沉思的好地方。眺望外面，四面环山，一边回望可见村子里傍山红瓦房舍，另一边可以远眺意大利境内的丛丛群山。在夏天傍晚，饭后乘凉，还可见到萤火虫点点荧光。

那个夏天的生活令我安静下来，好好读书写作，也有下山到法国南部旅行，写了不少东西。2008 年夏天我再应邀往巴黎国家科学研究中心访问，在人文科学之家作了两场演讲。我与女儿安文同行，在巴黎之后南下，重访沙可慈修道院兼在普罗旺斯旅行。两次在南法都写了不少诗，也有阅读中西诗作引发的种种奇想。一直想有机会再找一个夏天重访普罗旺斯，找一个安静的地方好好整理六七年来这些芜乱诗稿。我想过写一本新的《诗经》，追溯那种朴素美好的想象。我也愿认识更多阳光下南法和意大利的事物人情，那会是现代版《诗经》的好题材。《诗经》是中国最古老的一本诗集，里面也有许多诗是关于植物、草药、食物、酿酒、布料、纺织、人情和社稷，我的诗集里则会有茄子、萝勒叶、雅芝竹、小青瓜的花朵、蟋蟀和萤火虫。硕鼠和采绿也不免沾染了今日的色彩。

近两年生病了，不能远行。也写了一些疾病的诗，但还是非常怀念近六七年以来那辑从阳光下的修院和花园开始的诗，那里面有些东西给予我很大的安慰，在不安定的日子中令我舒怀。我自然便也用了些时间，把散乱的诗稿能找到的找出来，整理成书。希望这些零散的阳光和花瓣，也能为其他在逆境的人，带来一点安慰。

（2012 年 6 月）

图书在版编目（CIP）数据

普罗旺斯的汉诗 / 梁秉钧著 . —杭州：浙江大学
出版社，2016. 4
ISBN 978-7-308-15339-3

I.①普… Ⅱ.①梁… Ⅲ.①诗集—中国—当代
Ⅳ.①I227

中国版本图书馆CIP数据核字（2015）第270874号

浙江省版权局著作权合同登记图字：11-2016-85号
本书中文简体版由作者家属授权出版
本书插画由作者叶晓文授权使用

普罗旺斯的汉诗
梁秉钧 著

策　　划	王　雪	
责任编辑	王志毅	
营销编辑	李嘉慧	
装帧设计	蔡立国	
出版发行	浙江大学出版社	
	（杭州天目山路148号 邮政编码310007）	
	（网址：http:// www.zjupress.com）	
制　　作	北京大观世纪文化传媒有限公司	
印　　刷	北京中科印刷有限公司	
开　　本	880mm×1230mm　1/32	
印　　张	6.25	
字　　数	83千	
版 印 次	2016年4月第1版　2016年4月第1次印刷	
书　　号	ISBN 978-7-308-15339-3	
定　　价	45.00元	